Deportes extremos

Surf

ALLAN MOREY

BLACK RABBIT BOOKS

Bolt es una publicación de Black Rabbit Books
P.O. Box 227, Mankato, Minnesota, 56002
www.blackrabbitbooks.com

Alissa Thielges, editora; Michael Sellner, diseñador del interior y investigación fotográfica

Información del catálogo de publicaciones de la biblioteca del congreso
Names: Morey, Allan, author.
Title: Surf / Allan Morey.
Other titles: Surfing. Spanish
Description: Mankato, Minnesota: Black Rabbit Books, 2024. | Series: Deportes extremos | Includes index. | Audience: Ages 8-12 | Audience: Grades 4-6
Identifiers: LCCN 2023016160 (print) | LCCN 2023016161 (ebook) | ISBN 9781623109479 (library binding) | ISBN 9781623109554 (ebook)
Subjects: LCSH: Surfing—Juvenile literature. | Aquatic sports—Juvenile literature.
Classification: LCC GV840.S8 M6518 2024 (print) | LCC GV840.S8 (ebook) | DDC 797.3/2—dc23/eng/20230410
LC record available at https://lccn.loc.gov/2023016160
LC ebook record available at https://lccn.loc.gov/2023016161

Impreso en China

Image Credits

Alamy: Jack Sullivan 28–29, JUAN 16, ZUMA Press, Inc. 26 (t, inset); Amazon: Abahub 17 (leash); Dreamstime: Keolafirsov 13; Getty: 4x6 6 (2), Julie Thurston 12, MediaNews Group/Orange County Register 7, 20, 23, Octavio Passos 27 (b, inset), Sonny Tumbelaka 4–5, The AGE 27 (tl), The Sydney Morning Herald 26–27 (bkgd), Thiago Diz 24, Yuki Iwamura 28; Shutterstock: Alesia Puzhauskaite 10, Artur Didyk 31, Christos Georghiou 6 (3), 29, dotshock 3, drgaga 12, 13 (board icons), GoodStudio 1, 18–19, joyfull 32, majivecka 6 (1), Maksym Fesenko cover, 11 (t), SA Photography 14, VectorMine 8–9, Wallenrock 11 (b), Wonderful Nature 11 (m), youssar seif 17 (board)

Contenidos

CAPÍTULO 1
Atrapando olas. 5

CAPÍTULO 2
El deporte del surf. 8

CAPÍTULO 3
Preparándose. 16

CAPÍTULO 4
Competencias. 22

Otros recursos. .30

Atrapando olas

Una surfista bracea para adentrarse en el océano. Cuando ve una ola perfecta, hace un **pop up** sobre su tabla. La surfista se inclina hacia delante. Desciende por la cara de la ola. Con un giro rápido, su tabla corta la ola. ¡Es momento de sacar algunos trucos!

Cortando la ola

La surfista corta hacia la parte superior de la ola. Justo bajo el labio de la ola, hace un **layback snap**. Su tabla da unos latigazos. Un chorro de agua sale disparado hacia el cielo.

La surfista va cortando la ola. Aumenta su velocidad. Nuevamente, sale disparada por la cara de la ola. Esta vez, ¡surca por los aires! Hace un giro **360**. ¡Qué truco tan increíble!

Cómo hacer un pop up

paso 1
con las manos ahuecadas, bracea con fuerza

paso 2
empújate hacia arriba, salta y gira

paso 3
ya estás de pie y surfeando

CAPÍTULO 2

El deporte del surf

Las olas "rompen" a medida que se acercan a la orilla. La parte superior de la ola se dobla y se estrella abajo. La mayoría de los surfistas se montan en la rompiente de las olas.

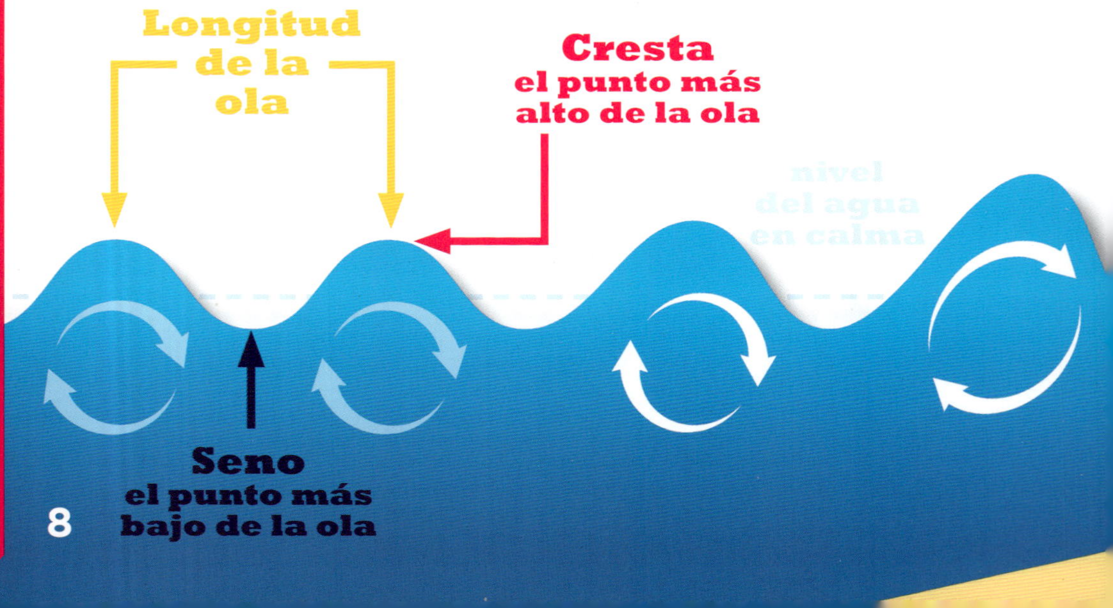

En el océano, las olas pueden alcanzar 20 pies (6 metros) de altura. ¡Esa es la altura de una casa de dos pisos! Algunas olas **extremas** tienen cuatro veces ese tamaño. Y los surfistas también hacen trucos extremos. Se retuercen y giran. ¡Algunos dan volteretas!

Rompiente de las olas

TIPOS DE SURF

El surf es el deporte de usar una tabla para montar olas.

Windsurf
navegar sobre una tabla de surf con vela

Wakesurf
montar la rompiente de las olas

Bodyboard
navegar tumbado sobre tu estómago

Kitesurf
jalado por una cometa grande

Dónde surfear

El lugar donde la gente practica este deporte depende del tipo de surf. El esquí acuático de rodillas se practica en un lago. Para el windsurf y el kitesurf es necesario un cuerpo de agua grande y viento. Los mejores lugares para surfear olas son las playas de los océanos. Pero no cualquier playa. Los mejores lugares tienen olas largas y uniformes que rompen en línea continua.

La Banzai Pipeline está en Hawái. Es uno de los lugares más peligrosos para surfear. Las olas de 30 pies (9,1 m) rompen contra los arrecifes de bordes irregulares.

Los mejores lugares para surfear

Surfear en una máquina de olas se conoce como flowboarding. La máquina dispara una interminable cortina de agua hacia arriba, contra una rampa. Los surfistas van y vienen cortando olas. ¡Es como montar una ola que nunca termina!

Piscinas de olas

No todo el surf se practica en el océano. Una piscina de olas es un mini océano en un parque de surf. Crea un flujo constante de olas para montar. Las piscinas de olas hacen olas de distintos tamaños y tipos. Los principiantes pueden aprender a surfear. Los profesionales practican sus trucos antes de enfrentarse a olas más grandes y más peligrosas en el océano.

CAPÍTULO 3

Preparándose

Para empezar a surfear solo necesitas una tabla de surf. Los surfistas aplican cera a la superficie de la tabla. Esto evita que se resbalen. Para montar, los surfistas se amarran una correa alrededor de un tobillo. La correa está conectada a la cola de la tabla. Después de una caída, la tabla no se aleja flotando.

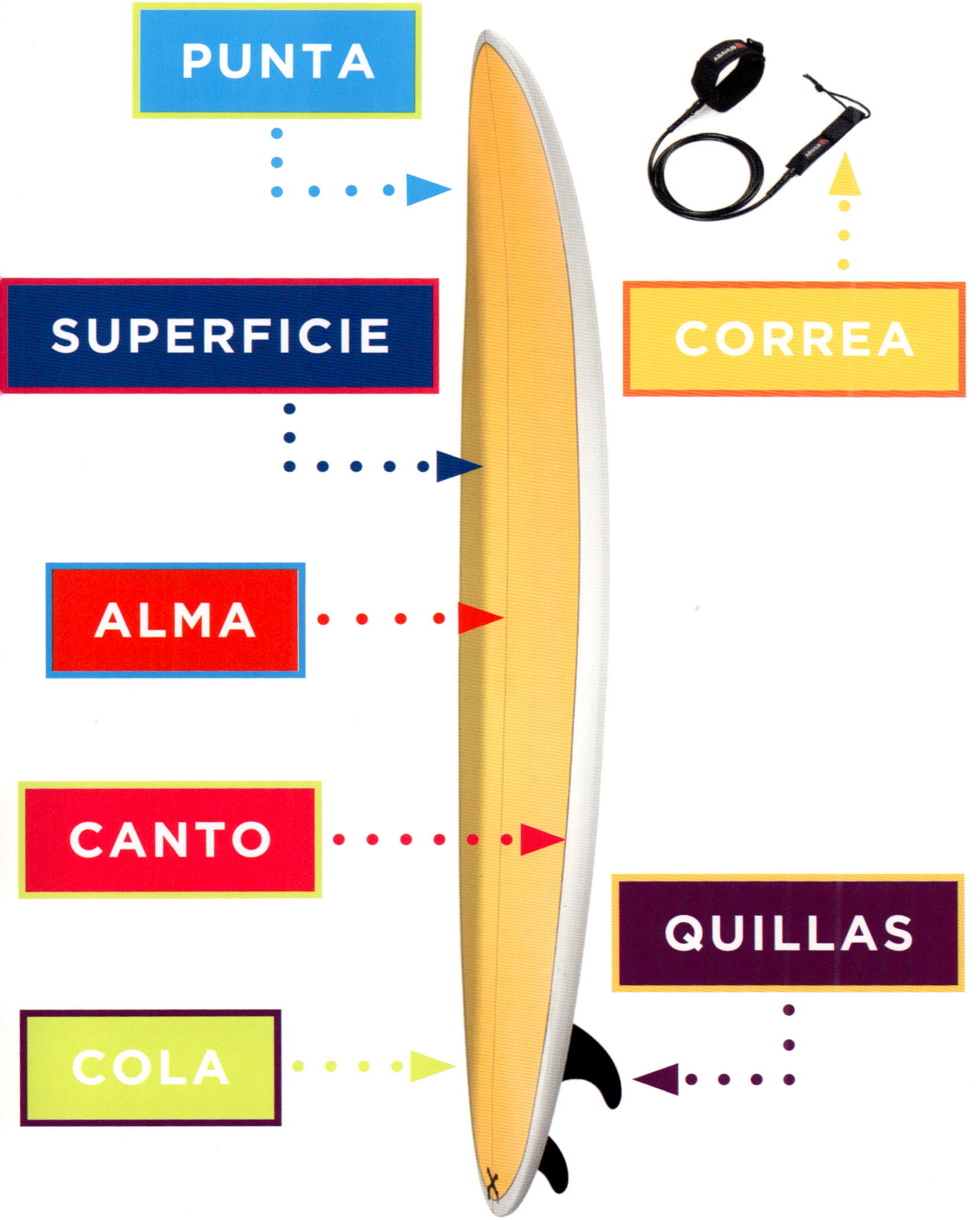

Partes de una tabla de surf

ESTILOS DE TABLAS DE SURF

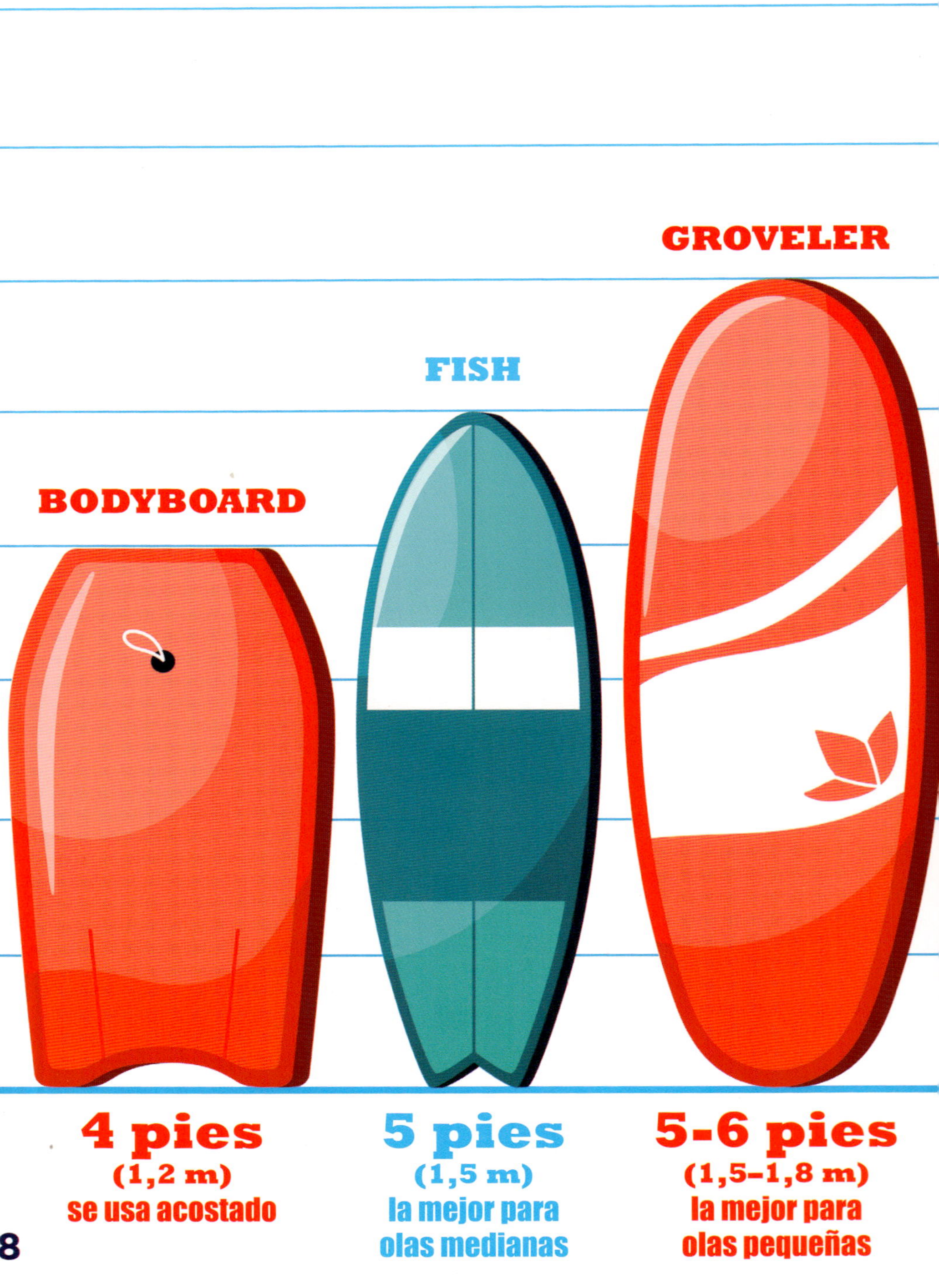

4 pies
(1,2 m)
se usa acostado

5 pies
(1,5 m)
la mejor para olas medianas

5-6 pies
(1,5–1,8 m)
la mejor para olas pequeñas

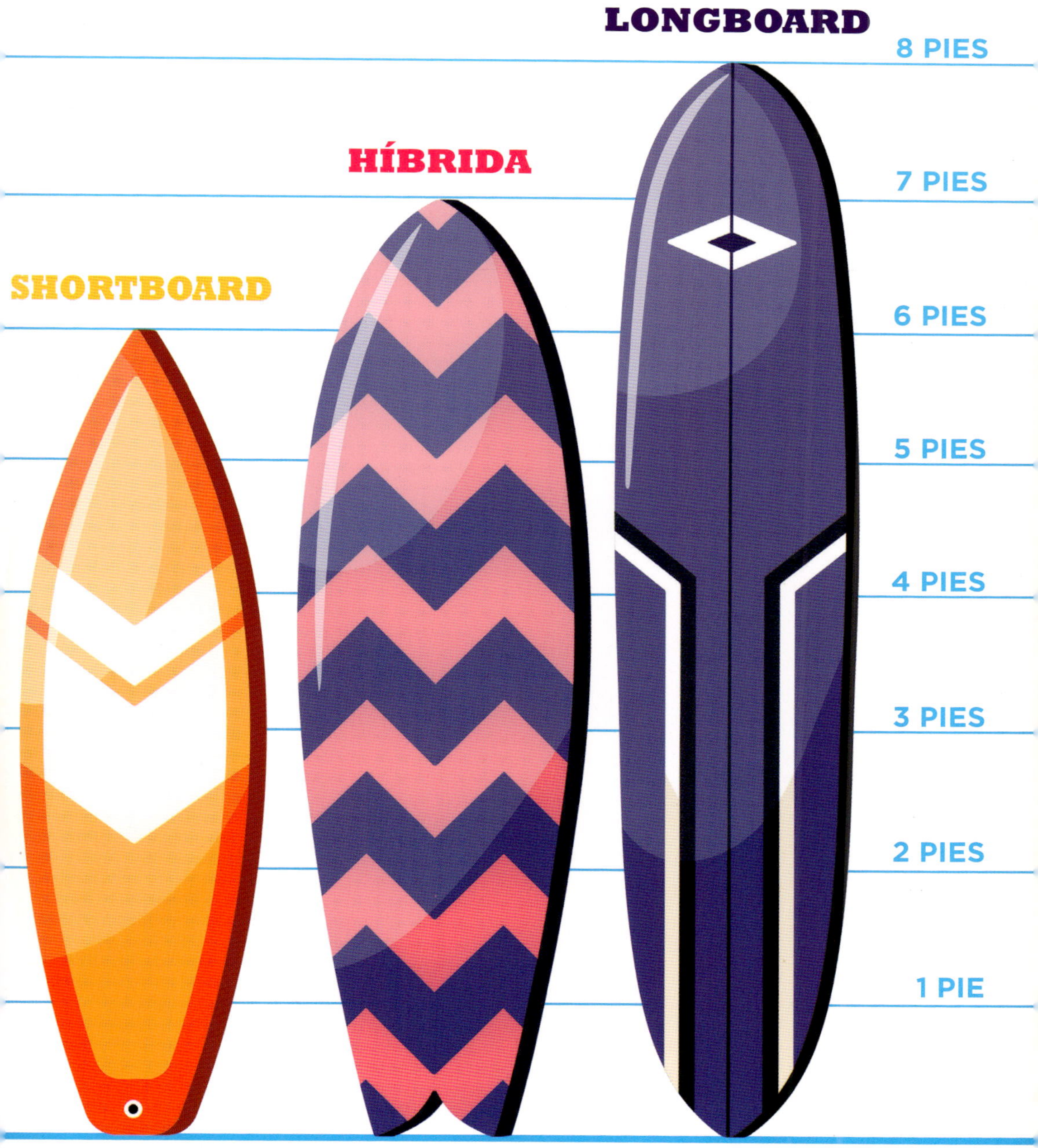

5-6 pies
(1,5–1,8 m)
buena para surfistas experimentados

6-7 pies
(1,8–2,1 m)
buena para cualquier experiencia de surf

+8 pies
(+2,4 m)
tamaño estándar; buena para principiantes

Cómo visten los surfistas

Qué ropa usar

Los surfistas usan bermudas de playa. Una camiseta anti-UV protege contra quemaduras del sol. También evita la **irritación** contra la tabla o la arena. Un traje de neopreno mantiene abrigados a los surfistas. También pueden usar botas, guantes y una capucha. Los surfistas usan, además, tapones de oídos especiales. Estos les protegen los oídos del viento frío y las olas.

CAPÍTULO 4

Competencias

Las competencias les permiten a los surfistas lucir sus habilidades. En la mayoría de los eventos, los surfistas compiten en **mangas**. Grupos de dos a cuatro surfistas tienen un tiempo determinado para atrapar las olas perfectas. Los jueces califican los trucos que realizan. Los trucos extremos obtienen más puntos. Los surfistas con el mayor puntaje pasan a la siguiente ronda. Luego el mejor surfista gana la ronda final.

WSL
WORLD SURF LEAGUE
EST. 1976

La Liga Mundial de Surf

Cada año, la Liga Mundial de Surf organiza la competencia de surf más importante. Los surfistas de **élite** compiten en 10 eventos. Surfean en los mejores lugares del mundo. Reciben puntos según su desempeño en cada evento. Quien reciba más puntos será el ganador. En el último evento, el surfista con la mayor cantidad de puntos ¡es el campeón mundial!

Leyendas del deporte

Duke Kahanamoku

el "padre" del surf; popularizó el surf en EE. UU. a principios del siglo XX

Tom Blake

el primero en agregar una quilla a la parte de abajo de la tabla de surf para mayor control y giros más cerrados

Stephanie Gilmore

la mejor surfista femenina del mundo, con ocho campeonatos mundiales

Sebastian Steudtner

récord mundial por surfear la ola más grande, de 86 pies (26 metros) de altura

Kelly Slater

11 veces campeona mundial de surf

Bethany Hamilton

a los 13 años de edad perdió un brazo en un ataque de tiburón, pero, aún así, ganó varios campeonatos de surf

bail
saltar de la tabla de surf para evitar una caída

comerse la ola
caerse mientras se monta una ola

abolladura
daño a una tabla de surf

hombres de traje gris
tiburones

Juegos Olímpicos y más allá

En 2021, el surf se convirtió en un evento olímpico. Tanto hombres como mujeres tuvieron un evento cada uno. Compitieron en tablas cortas. En el futuro, tal vez se incluyan otras pruebas.

Las competencias ayudan al surf a crecer como deporte. En ellas se demuestra cuán extremo puede ser surfear olas grandes.

La jerga del surf

GLOSARIO

360: un giro que describe un círculo completo

élite: relacionado con el más alto nivel de competencia

extremo: muy difícil o peligroso

irritación: dolor o daño causado por algo que se frotó contra tu piel

layback snap: cuando un surfista se inclina hacia atrás y usa la cresta de la ola y sus piernas para hacer girar la tabla de surf

manga: una de varias competencias que se realizan para decidir quién estará en la competencia final

pop up: pararse sobre una tabla de surf

ÍNDICE

B

Banzai Pipeline, 12

C

competencias, 22, 25, 26, 27, 29

E

equipo, 16, 20, 21

J

Juegos Olímpicos, 29

L

Liga Mundial de Surf, 25

O

olas, 5, 8–9, 12, 14, 15, 21, 22

P

piscinas, 15

S

surfistas famosos, 26–27

T

tablas de surf, 16, 17, 18–19

técnicas, 6, 10–11

tipos de surf, 10–11, 12